LA GUERRE

DES

PETITS DIEUX.

De l'Imprimerie de MOLLER , rue et maison des Filles - Saint - Thomas , vis-à-vis celle Vivienne.

LA GUERRE

DES

PETITS DIEUX,

OU

LE SIÉGE

DU LYCÉE THÉLUSSON

PAR LE PORTIQUE RÉPUBLICAIN:

POËME HÉROÏCO-BURLESQUE;

SUIVI DE

MON APOLOGIE,

SATIRE.

PAR l'Auteur des Étrennes de l'Institut et de la Fin du dix-huitième Siècle.

Les sots sont ici-bas pour nos menus-plaisirs.

Prix : 75 centimes.

A PARIS,

Chez les Marchands de Nouveautés.

AN VIII.

AVIS ESSENTIEL.

Le lecteur verra , avec plaisir , dans les notes que j'ai ajoutées à ces Opuscules , une lettre inédite de J. J. Rousseau. Les derniers éditeurs des œuvres posthumes de ce grand homme ne l'ont pas trouvée assez *philosophique* pour la publier.

LA GUERRE

DES

PETITS DIEUX.

CHANT PREMIER.

Des grands hommes du jour je vais chanter la guerre ;
Je dirai quelle rage arma nos beaux esprits,
Et quels auteurs fameux, tombant dans la poussière,
Allèrent, en mourant, retrouver leurs écrits.

Muse, d'un trait piquant anime ma satire ;
De tes vives couleurs embellis mes tableaux ;
Un instant, avec moi, ris aux dépens des sots,
Eh ! ne vaut-il pas mieux s'en moquer, que les lire ?

Dans le sein des plaisirs sans cesse renaissans,
Thélusson grandissait sous les yeux de la gloire ;
Et, de ses propres mains, couronnant ses enfans,
Dictait leurs noms vainqueurs aux filles de mémoire,
Bravait, d'un sot public, le murmure importun,
En prose, ainsi qu'en vers, gouvernait le Parnasse,
Et, tenant d'Apollon, et le sceptre et la place,
Jugeait tous les talens, sans en avoir aucun.

Un journal, où l'encens fumait à chaque page,
Distribuait la gloire à tous les abonnés,
Ressuscitait leurs vers au néant condamnés,
Et trouvait des beautés dans le plus mince ouvrage.
Là, *Calas* et *Geta*, *le Lord* et *Médicis*,
Chef-d'œuvres immortels, sifflés par le parterre,
Une seconde fois revoyant la lumière,
Se consolaient entre eux de nos justes mépris.
Las ! il n'est pas de bonheur sans nuage,
Toujours le calme est voisin de l'orage.
O Thélusson ! tes beaux jours sont passés ;
Un ennemi, fameux par son audace,
Intimidant tes enfans dispersés,
Va te ravir le sceptre du Parnasse.
      Adieu, délicieux concerts,
Adieu, soupers, où la troupe choisie
Buvait un vin rival du Malvoisie,
      Et chantait de si mauvais vers,
Où, sans esprit, une heureuse folie
Fit quelquefois éclore une saillie ;
   Dans le vin, souvent un bon mot
   Jaillit de la bouche d'un sot.
Du grand Despaze on célébrait la fête ;
Et chaque auteur au repas invité,
Pour honorer cet illustre poète,
Le verre en main, buvait à sa santé ;
Buvait beaucoup, mais mangeait davantage,
Et des morceaux accusant la lenteur,

Sur chaque mets signalait son courage.

Quel appétit, qu'un appétit d'auteur !

On dîne bien, quand par hasard on dîne.

Après dîné, chacun voulant dormir,

Vigé chanta sur sa lyre badine

Des vers anciens qu'il croyait rajeunir.

Qui pourrait résister à sa douce harmonie ?

Déjà l'on entendait ronfler nos beaux esprits,

Ainsi que nous ronflons en pleine académie,

Quand Garat et Chénier nous lisent leurs écrits.

Soudain, la sombre envie *au teint pâle et livide*,

Sortant de l'Institut à pas précipités,

Et traversant Paris dans sa course rapide,

Fixa sur Thélusson ses regards irrités.

« Ils m'outragent, dit-elle, et bravent ma puissance;

» Jusque dans mon empire, ils méprisent mes lois;

» Mais je saurai détruire un calme qui m'offense ;

» Je vengerai mon nom, je reprendrai mes droits.

» Eh ! quoi ! j'aurais donc vu, pour un chétif pupitre,

» La discorde agiter un illustre chapitre !

» Et moi, qui suis l'envie ! et moi, qui des savans

» Reçois, à l'Institut, et l'hommage et l'encens,

» Par un tas de grimauds, je me vois outragée !

» J'entends en frémissant leurs odieux concerts !

» Ils s'endorment en paix, en récitant leurs vers *!*

» Tremblez, sots écrivains, je vais être vengée ».

En achevant ces mots, qu'inspire sa fureur,

Elle prend de Baourd l'air hideux et farouche;

(8)

Des flots d'un fiel amer lui sortent par la bouche ;
L'enfer, en la voyant, reculerait d'horreur.
En un instant, la déesse empressée
Part, vole, arrive au milieu du Lycée.
« Lâches, réveillez-vous et volez aux combats ;
» L'honneur et l'intérêt y guideront vos pas ;
» Un rival insolent, sortant de la poussière,
» Sur le Pinde étonné veut partager vos droits :
» Le portique est son nom : son allure est grossière,
» D'un fade chansonnier il reconnait les loix,
» Et ce vil embrion, dans son orgueil extrême,
» Se prétend des écrits législateur suprême.
» Il s'avance, et déjà, non loin de nos remparts,
» Mes yeux ont vu flotter ses nombreux étendards.
» De rage et de fureur, tous ses guerriers frémissent ;
» Les cris affreux de mort, dans les airs retentissent.
» C'est ainsi, Thélusson, qu'ils osent t'outrager ;
» Mais tes braves enfans sont là pour te venger.
» Aux armes, mes amis ; dans les champs de la gloire,
» La valeur des héros sait décider le sort :
» C'est aux plus courageux que sourit la victoire,
» Et le lâche, en fuyant, ne trouve que la mort.
» Qu'attendez-vous ? partez, et moi, qui sais médire,
» Je vais sur l'ennemi lancer une satire ».

Elle dit : à l'instant, ces poètes guerriers
S'indignent du repos qui flétrit leurs lauriers ;
Tous enflammés d'ardeur, et bouillans de colère,
Ne poussent qu'un seul cri : c'est le cri de la guerre.

Ainsi, lorsqu'un héros, l'effroi des oppresseurs,
Chassa les vils tyrans qui régnaient sur la France,
Le bruit de ses exploits, sa guerrière éloquence,
Autour de ses drapeaux, unirent tous les cœurs.
Le Français abattu, retrouvant son courage,
Jura d'exterminer ces cruels charlatans,
Des peuples qu'ils trompaient, méditant le carnage.
Nous sommes tous soldats pour vaincre des brigands.

Fin du premier Chant.

CHANT II.

Je l'avouerai, je n'ai l'humeur guerrière ;
Dans ma famille on se plaît ici-bas :
Comme le feu, redoutant les combats,
Je suis bon diable, et doux de caractère.

Bien malgré moi, conscrit pour mon malheur,
Avec ** j'ai fait une campagne :
L'orgueil, chez lui, surpassait la valeur ;
Il se croyait bâtard de Charlemagne.
Sans s'étonner, le Rhin vit ce guerrier
Exécuter ces savantes retraites,
Ces coups prudens, que le peuple grossier,
Dans son jargon, appelle des défaites ;
Tournant le dos aux barbares du Nord,
Il les battait dans un pompeux rapport,
Et chaque jour, criant une victoire,
La plume en main, escaladait la gloire.
Pour terminer tous ses brillans exploits,
Ne sachant plus que faire, . . . il fit des loix.
Cessons de bavarder. Je reviens à mon texte ;
La guerre est un fléau, quelqu'en soit le prétexte.
  Aimable paix ! rends enfin à nos vœux
  Les jeux, les ris et l'abondance.
  C'est un héros, toujours victorieux,
  Qui t'appelle au nom de la France :

Entends sa voix : la fureur des combats
   N'a que trop ravagé la terre.
Que dans ton sein, nos généreux soldats
   Eteignent leur foudre guerrière.
   O jour heureux ! qu'il produira de vers !
   A le chanter, tout l'Hélicon s'apprête ;
   Piis, lui-même, étonnant l'univers,
   Piis, enfin, va devenir poète.

Mais, qui rendra la paix à nos pauvres rimeurs ?
Sur le Pinde, aujourd'hui, la guerre est éternelle ;
La plume et le papier ne vivent pas sans elle ;
Le fiel ne tarit pas dans l'ame des auteurs.
   Ivre de vers, d'orgueil et de vengeance,
   Les yeux en feu, respirant les combats,
   De Thélusson, la poétique engeance,
   Vers ses drapeaux, précipitait ses pas.
Dans un danger pressant, l'amour de la patrie
Remplit les cœurs bien nés d'une sainte énergie.

   Le général, qui connaît son métier,
   Parcourt les rangs de sa troupe fidelle.
   Près de la porte, il place en sentinelle,
   Des boulevards le peuple chansonnier ;
   Petits rimeurs, d'assez mince apparence,
   Qu'on peut tuer, sans nulle conséquence ;
   Car ces messieurs foisonnent à Paris ;
   Plus il en meurt, et plus on en voit naître ;
   De calembourgs ils sèment leurs écrits ;
   A leur clinquant, on peut les reconnaître.

Chacun, dans un journal, sans être contredit,
Dépose, par quatrains, sa gloire fugitive ;
Ils ont, à les en croire, *infiniment* d'esprit :
Prions Dieu, mes amis, que leur bon sens arrive.
Car, entre nous, ces mauvais jeux de mots
Sont, aujourd'hui, la ressource des sots.
Léger, enfant gâté du badin vaudeville,
Barré, comique auteur d'écrits, qu'il croit malins,
Dirigent, en riant, cette troupe indocile ;
Le grelot de Momus est remis en leurs mains.
Un peu plus loin, se rangent à la file
Les lugubres auteurs des modernes romans,
Dont le génie, en fantômes fertile,
Ressuscite les morts pour troubler les vivans.
J'ai vu, saisi d'horreur, de leurs plumes coupables,
S'élancer, tout armés, des bataillons de diables.
Heureux, si, traduisant les romanciers anglais,
Ces chantres des enfers savaient parler français !
Mais de cent mots nouveaux l'indigent étalage
Offense, en leurs écrits, le goût et le langage.
Lemierre est à leur tête et leur donne des loix.
Dans quelle encre, grands dieux ! il a trempé sa plume !
Il parle... Le ténare est docile à sa voix ;
D'ombres, de revenans, il grossit un volume.
Les *Mystères d'Udolphe* ont troublé son cerveau ;
Sur madame *Radclif*, en extase, il se pâme ;
Et, nourri des faveurs de cette horrible femme,
Il pense une *forét*, ou médite un *tombeau*.

On

On voit paraître, au centre de l'armée,
Le général et son état-major ;
Troupe choisie, et de gloire affamée,
Dont Richelet est l'unique trésor.
Là, brillent à l'envi, le pesant Chabeaussière,
Avec son dur archet parodiant Homère ;
Laya, dont le pinceau fait sourire Néron ;
Chénier, dont le talent enlaidit Fénélon ;
Vigé qu'on a sifflé, Luce qu'on siffle encore ;
Campagne en mauvais vers prêchant les bonnes mœurs ;
Le galant Dumoustier, dont les fades douceurs
Feraient haïr le Dieu qu'à Cythère on adore ;
Le léger Saint-Marcel, et Despaze le lourd ;
L'insipide Lantier, l'insipide Baourd ;
Dusausoir et Creusé, Castel et Palissot ;
Andrieux, Mazoier, Chazet et Petitot ;
Fayolle, Mahérault, Villar, Lucet, Champagne,
Salverte, Petitain, Larnac et Charlemagne.
Grands hommes, dont les noms environnés de gloire
Embelliront un jour les pages de l'histoire.
Près d'eux on voit marcher ces larmoyans auteurs
Ces rimeurs avortons, dont la douce indolence
Soupirant mollement une tendre romance,
Laisse échapper un vers tout humide de pleurs.
Au maintien grave et doux, à l'allure héroïque,
Tibulle-Coupigny commande ces guerriers ;
Il agite en ses mains le sceptre romantique,
Et son front est courbé sous le poids des lauriers.

2

On laisse enfin, pour garder le bagage,
Quelques valets qui craignent les combats.
Brave **, surveille ces goujats :
Je réservais ce poste à ton courage.

Fin du deuxième Chant.

CHANT III.

Je crois en Dieu : c'est mon plus grand défaut.
(O Maréchal ! quand je lis ton ouvrage,
Où le bon sens trébuche à chaque mot,
Je suis tenté d'y croire davantage.)

Mais ce défaut, Rousseau l'a partagé ;
Le grand Voltaire, avec tout son génie,
Ne put jamais, quoiqu'il en eût envie,
Déraciner ce maudit préjugé.
Pauvres esprits ! Dans le siècle où nous sommes,
Qui ne sait pas, graces à nos savans,
Que le hasard a créé tous les hommes ?
Honneur et gloire au siècle des talens !
Entendez-vous, dans un coin de sa classe,
Ce vieux Lansberg, ce pédant contrefait,
Crier, tremblant, et faisant la grimace :
S'il est un Dieu, pourquoi suis-je si laid ?
Pour moi, qui partageant les erreurs du vulgaire,
Ne sais pas me parer du titre d'esprit fort ;
Moi, qui n'accordant rien aux caprices du sort,
Prétends qu'il est un Dieu qui lance le tonnerre,
  Si j'étais roi, consul, ou directeur,
  Je chasserais, bien loin de mon empire,
  Ces vils grimauds, dont l'audace en délire,
  Ose insulter l'éternel Créateur.

Si pour troubler le repos de la terre,

A mes voisins je déclarais la guerre,

Avec respect, j'invoquerai le bras

Du Dieu puissant qui préside aux combats.

« Plutôt cent fois invoquer tous les diables » !

D'où partent donc ces cris épouvantables ?

Le portique s'avance, et ses grossiers enfans

Font retentir les airs d'horribles juremens;

Les b., les f., passent de bouche en bouche;

De fureur et de vin, leurs yeux étincelans,

Appellent la terreur sur leurs pas menaçans;

Des ours du Nord l'aspect est moins farouche;

Ils fondent pêle-mêle, et sans ordre et sans loix:

Rien ne peut contenir cette horde cynique;

Tous veulent commander; tous parlent à-la-fois;

Aucun n'est entendu : c'est une * * *.

Enfin, perçant les cris de ces soldats bruyans,

Piis, par ce discours, entretient leur courage :

« J'apperçois, mes amis, sur vos fronts rayonnans,

« D'un triomphe nouveau l'infaillible présage;

« Corbleu ! nous rosserons ces petits rimailleurs,

« De fades madrigaux, insipides auteurs;

» C'est à nous qu'il convient de régner au Parnasse;

» Le trône fut toujours l'heureux fruit de l'audace.

» L'audace et les talens ! quels titres glorieux!

» Avez-vous entendu mes chants sur l'harmonie?

» Voilà ce qu'on appelle une œuvre de génie.

» Je suis dur, j'en conviens, mais je suis vigoureux;

» J'ai du nerf ». A ces mots, un sifflet téméraire
Etourdit l'orateur et se mêle à sa voix.
« Quoi ! dit-il, rougissant de honte et de colère,
» Serait-il donc ici quelque soutien des rois ?
» Quelque lâche suppôt du pouvoir monarchique ?
» Oui, c'est un vendéen, eh ! pourrais-je en douter?
» Qui siffle mes écrits, siffle la République ;
» Ah ! traîtres ! à mes yeux, osez vous présenter.
» *Quos ego.* — Quel est donc le démon qui t'inspire?
» Vieux bavard, dit Valcourt, as-tu bientôt fini ?
» Es-tu de l'Institut, pour parler sans rien dire ?
» Moi, je ne dis qu'un mot, attaquons l'ennemi ;
» Mais, avant tout, buvons, le bon vin et la gloire,
» Voilà les dieux, amis, que nous adorons tous.
Il dit : chacun répond : « que l'on nous verse à boire,
» Et que diables et dieux combattent contre nous ».
La soif, au même instant, changeant leurs pieds en aîles,
Vers le *bouchon* voisin précipite leurs pas.
Là, célébrant Bacchus et ses faveurs nouvelles,
Tous, le verre à la main, préludent aux combats :
« Compagnons, dit Cubierre, il me vient une idée ;
(A Cubierre une idée ! oh ! le trait est nouveau !)
» Avant que, par nos soins, la cave soit vidée,
» Jurons tous, mes amis, jurons sur ce tonneau...
— De nous souler demain, dit le sage Aristide....
   — Tais-toi, bouffon, reprit notre orateur,
   Entre ses dents riant à contre-cœur;
» Jurons d'exterminer cette troupe perfide

» Qui, masquant ses desseins d'une feinte douceur,
» Prétend donner des loix aux maitres du Parnasse.
» Nous recevoir des loix ! punissons tant d'audace :
» Suivez-moi, secondez ma généreuse ardeur ;
» Terrassons-les en vers, terrassons-les en prose.
» Ah ! bientôt ils sauront sur quel ton je compose :
» J'ai, dans le champ sacré, cueilli plus d'un laurier,
» Et Lalande, ornement de notre astronomie,
» Ne veut pas croire en dieu, mais croit à mon génie.
u Vraiment il a du goût, et mon *calendrier*....
» —Oh ! ton calendrier est une œuvre charmante,
» Dit Valcourt ; de tes vers la tournure m'enchante :
» Tout s'y trouve, excepté la rime et le bon sens.
» Mais, en bon père aussi j'adore mes enfans.
» Morbleu ! vive à jamais, vive mon *consistoire !*
» J'ai terrassé l'église, et ses faibles suppôts
» Sont tombés sous les coups de mes nobles travaux.
» Excusez, mes amis, j'oubliais qu'il faut boire....

A ce discours, à ces paroles d'or,
Le tonneau plein succède au tonneau vide :
    On boit, on rit, on jure, on boit encor ;
    Mais, tout-à-coup (le vin rend intrépide),
L'air retentit des cris que poussent ces guerriers :
Ils brûlent de combattre, et leur noble courage
S'offense du repos qui suspend le carnage.
Chacun d'eux, sur son front, sent croître des lauriers.

Piis, tout énivré des vapeurs de la gloire,
Voit le Pinde adorant sa puissance et son nom;
Et déjà son orgueil, dévorant Thélusson,
Savoure avec plaisir les fruits de la victoire.

Fin du troisième Chant.

CHANT IV.

CE n'est pas tout que d'avoir des soldats,
il faut savoir enflammer leur courage,
Remplir leurs cœurs de l'amour des combats,
Et leur souffler le démon du carnage.
Agissez donc, et parlez à-propos;
Mais, évitez un pompeux bavardage :
Parler beaucoup est le talent des sots,
Mais bien parler est le talent du sage.
Vous souvient-il de cet ambassadeur,
Bouffi d'orgueil, qui, dans sa docte emphase,
Sur de grands mots échaffaudant sa phrase,
Faisait bâiller son royal auditeur ?
Les courtisans, gent maligne et critique,
Riaient au nez du pédant politique;
Et le bon Ferdinand, sur son trône endormi,
En ronflant, attendait que Garat eût fini.
L'ennui suit un discours que la sottise inspire,
    Et j'aime mieux l'élève de Sicard
    Que ce Mercier, fastidieux bavard,
Dont l'Institut, en corps, consacre le délire.
    Sous ses drapeaux, Thélusson réuni,
    Sans le braver, attendait en silence
    Son redoutable et féroce ennemi.
    Le général, qui sait que l'éloquence

A souvent, dans les camps, enfanté des héros,
Aux guerriers rassemblés fait entendre ces mots :
« Aimables défenseurs du plus charmant lycée,
» Compagnons, dont la muse, au Pinde caressée,
» Chantant les jeux, Bacchus, les amours et les ris,
» A ses divins concerts entraine tout Paris,
» Méritez, en ce jour, une double couronne ;
» Que la gloire unissant, pour prix de vos travaux,
» Le laurier d'Apollon au laurier de Bellone,
» Eternise à-la-fois le chantre et le héros.
» Punissez ce rival, dont l'altière impudence
» Ose de Thélusson provoquer la vengeance.
» Le sceptre du Parnasse en nos mains est remis.
» Enchantés des douceurs de l'état monarchique,
» Les arts sont fatigués de vivre en république :
» Le lycée à ses loix les a tous asservis ;
» Qu'à ses loix le portique apprenne à se soumettre.
» Ah ! trop de gouvernans entrainent trop de maux.
» Nous voulons des sujets et non pas des rivaux.
» Pour régir un empire, il ne faut qu'un seul maitre.
» *Le trône est trop étroit pour être partagé ;*
» *S'il faut le perdre, amis, n'avez-vous pas jugé*
» *Qu'ilvautencoremieuxentomberqu'endescendre?*
Il dit, et, dans les airs, un cri se fait entendre.
  Au pas de charge, avance, en frémissant,
  Des ennemis la troupe épouvantable.
  De vingt tambours le bruit retentissant
  Annonce au loin leur marche formidable :

Iyre de sang, de carnage altéré,
Parait, enfin, ce portique barbare.
Soudain, formant un bataillon quarré,
Au grand combat Thélusson se prépare.
Avant de s'approcher, ces guerriers furieux
Se menacent du poing, s'exterminent des yeux.
Enfin, impatient, et bouillonnant de rage,
Piis laisse éclater son féroce courage.
Poing en l'air, il s'élance : un seul de ses regards
Fait pâlir Thélusson sur ses faibles remparts.
Digne de seconder ce guerrier intrépide,
S'avance, à ses côtés, le vaillant Aristide.
O muse ! prête-moi tes plus nobles pinceaux.
Mon sujet s'aggrandit : je chante des héros.
Les coups, sur Thélusson, pleuvent comme la grêle.
A grands flots .épandu, le sang au loin ruisselle.
Valcourt se multiplie, et, d'un bras vigoureux,
Il terrasse Vigé, qu'il saisit aux cheveux.
Le lycée en frémit d'horreur et d'épouvante.
Chacun sent, dans son cœur, sa force défaillante ;
Mais Baourd, ranimant ses esprits abattus :
« Qui me louera, dit-il, si Vigé n'écrit plus ? »
A ces mots, détachant son énorme mâchoire,
Il en frappe Valcourt, et, sûr de la victoire :
« Tiens, coquin, lui dit-il, voici mon *premier mot* ».
Aristide, étonné de ce terrible assaut,
Veut en vain riposter, son nerveux adversaire
Lui fait, d'un second coup, avaler la poussière.

Le portique effrayé, recule en frémissant.
Thélusson, dans les airs, jette un cri triomphant;
Et ses joyeux enfans, souriant à sa gloire,
Célèbrent, à l'envi, Baourd et sa mâchoire.
Voilà bien les auteurs : toujours la vanité
Les endort dans les bras de la prospérité.
Des assiégeans confus la timide cohorte,
Fuit, à pas redoublés, où la terreur l'emporte.
(On va vîte en fuyant : la peur est un oiseau.)
Mais Piis, indigné d'un désordre nouveau,
Rappelle, par ses cris, sa troupe dispersée,
Et, sûr de ranimer leur valeur terrassée,
D'une voix de tonnerre il gourmande en ces mots
Ces guerriers fugitifs, vils restes de héros :
« A de tels ennemis cédons-nous la victoire ?
» Etes-vous Philistins, pour craindre une mâchoire ?
» Est-ce donc là le fruit de ces discours pompeux,
» Que le vin inspirait à vos cœurs généreux ?
» La chopine à la main, vous juriez de détruire
» Ce rival, qui des arts vous dispute l'empire.
» Vous juriez... Mais la crainte a glacé vos esprits,
» Et devant ces bambins, objets de vos mépris,
» Vous fuyez lâchement comme un troupeau d'esclaves.
» N'est-ce donc qu'en buvant, que vous êtes si braves?
» Ah! du moins de l'honneur n'outragez pas les loix.
» C'est le sang de Valcourt qui parle par ma voix;
» Vengez-le; vengez vous; son ombre menaçante,
» Dans les rangs ennemis, portera l'épouvante.

» Mais déjà, sur vos fronts amoureux de lauriers,
» Je vois briller ce feu qui brûle les guerriers.
» Marchons: sous nos drapeaux rappelons la victoire,
» Ou bien sachons périr dans les bras de la gloire ».
Au nom du grand Valcourt, mort au champ de l'honeur,
Le portique reprend sa première valeur;
La honte de sa fuite irrite son courage;
C'est du sang qu'il lui faut pour venger cet outrage.
Tremblez, de Thélusson, trop faibles défenseurs,
Des cendres de Valcourt s'élancent des vengeurs,
Qui vont, en combattant, honorer sa mémoire.
On n'est jamais, deux fois, dupe d'une mâchoire.

Fin du quatrième Chant.

CHANT

CHANT V.

PIIS, semblable au Dieu qui préside aux combats,
Dans les rangs ennemis promenait le trépas.
Tel un tygre échappé de son antre sauvage,
S'abreuve, en rugissant, de sang et de carnage.
Thélusson éperdu voyait tous ses guerriers
Ternir, en un instant, l'éclat de leurs lauriers.
Petitot n'était plus, et déjà, sur l'arène,
Chabeaussierre expirait, plus froid que ses écrits.
On marchait sur des morts : cependant, incertaine,
La victoire hésitait entre les deux partis.
Lorsqu'au milieu des flots d'une épaisse poussière,
On vit soudain paraître une armée étrangère.
Le Portique applaudit à ce puissant renfort ;
Thélusson effrayé n'attend plus que la mort :
Muse, rappelle-moi quelle troupe nouvelle
Vint de nos combattans partager la querelle.
Sur les faibles débris d'un culte respecté,
S'élève dans Paris un culte détesté,
Qui, paré des couleurs de la philosophie,
Déshonore le nom de la philantropie.
Sous le masque trompeur de la religion,
Il couvre les projets de son ambition ;
Dominer est son but : ses moyens sont des crimes ;
Et, marchant au pouvoir, sans compter ses victimes,

Il a, sur l'échafaud, posé la liberté ;
C'est ainsi que le tigre aime l'humanité.
Les pontifes adroits de ce culte éphémère
Adorent, en secret, l'ombre de Roberspierre.
C'est pour lui que l'encens fume sur leurs autels.
Mais, pour mieux déguiser ses desseins criminels,
Ce club religieux n'a point un air sauvage ;
Il sait même, à propos, adoucir son langage.
Ses prêtres arlequins, charlatans tricolors,
D'une feinte douceur empruntant les dehors,
Cruels, intolérans, prêchent la tolérance,
Et parlent de pardon en suant la vengeance.
Mais ces vils imposteurs, aujourd'hui si rampans,
Demain, s'ils triomphaient, deviendraient des tyrans.
Tels sont les défenseurs, qu'un zèle fanatique
Entraîne aveuglément au secours du Portique.
Les prêtres sont en tête, et le troupeau grossier
Suit leurs pas, en beuglant les hymnes de Chénier.
Piis fait battre aux champs, et joyeux, il s'écrie :
Honneur ! trois fois honneur à la philantropie !
Ombre du grand Valcourt, voilà tes défenseurs.
Mais déjà la vengeance embrâse tous les cœurs ;
La trompette sanglante a sonné le carnage ;
Les guerriers enflammés de colère et de rage,
S'élancent l'un sur l'autre, et de leurs bras nerveux,
Combattant corps à corps, se prennent aux cheveux.
Non ; jamais les héros, tant vantés par Homère,
Ne firent éclater cette fureur guerrière.

Tous les yeux sont pochés ; tous les nez applatis :
Des flots, d'un sang vermeil, tous les bras sont rougis.
Charlemagne et Larnac roulent dans la poussière,
Luce de Lancival succombe sous Cubierre.
(L'auteur de Périandre est tombé de plus haut).
Tu ne peux résister à ce nouvel assaut.
C'en est fait, Thélusson, c'en est fait de ta gloire :
Baourd, dans la mêlée, a perdu sa mâchoire.
Déplorable accident ! il glace tous les cœurs.
Le Portique poursuit ses *ci-devant* vainqueurs.
A pas précipités les chansonniers s'esquivent ;
Plus timides encor, les romanciers les suivent.
Bien rossés, bien battus, ces faibles champions
Fuyaient, chargés de coups, meurtris de horions,
Et, d'un cruel vainqueur redoutant les vengeances,
Regagnaient tristement le lieu de leurs séances.
Insensés ! dans ce temple, aux Muses consacré,
Espérez-vous trouver un réfuge assuré ?
Du Portique, à l'instant, les sanglantes cohortes
De ce faible rempart brisent toutes les portes.
Thélusson en frémit : son ennemi furieux
S'élance dans la salle en flots tumultueux.
Tel Achille autrefois, sur les rives du Xante,
Glaçait tous les Troyens d'horreur et d'épouvante.
Dans ce salon brillant, le chef-d'œuvre de l'art,
Se trouvaient réunis, et placés au hasard,
Tous ces livres nouveaux, enfans de l'ignorance,
Que le bon goût proscrit, que l'Institut encense ;

Drames sombres, romans et compilations,
Fades originaux, fades traductions,
Qui, demandant en vain à revoir la lumière,
Pourrissaient, étouffés sous un mur de poussière.
Là, ces charmans écrits, aux ruelles si chers,
Se voyaient lentement dévorés par les vers.
Les *trois mots* bravaient seuls leur appétit vorace :
Tous ceux qui s'y fixaient, expiraient sur la place.
Voyez comme à l'instant mille bras vigoureux
Font voler à l'instant ces volumes poudreux.
L'un prend une *Décade* et l'autre *ma Journée*,
Depuis deux ans entiers à l'oubli condamnée.
Despaze, entre ses mains, tient l'*épître d'un sot* ;
Lormian sur Cournand lance son *dernier mot* ;
Ce guerrier, de combats et de meurtres avide,
Le terrasse d'un coup de son *Achilléide*.
Sans force et sans chaleur, l'infortuné Balourd
Expire, en maudissant un poëme si lourd.
Piis, par ses exploits, étonne le Portique :
J'entends par-tout siffler son poëme *harmonique*.
Léger en est atteint ; et ce fragile auteur,
Bâille, s'étend, chancelle, et tombe de langueur.
Chazet, pour le venger, redoublant de courage,
D'un Gail, avec portrait, est atteint au visage.
Quel nuage d'écrits vient d'obscurcir les cieux!
J'apperçois, dans les airs, *Médicis* radieux,
Géta, *Néron*, *Falkland*, et *mon apologie*
Les jolis billets doux *sur la mythologie*,

Le léger *éventail*, le lourd *calendrier*,
Et le bavard *Gracchus*, chef-d'œuvre de Chénier ;
Et Mercier, le censeur, que Minerve abandonne,
Et le volumineux Rétif de la Bretonne ;
Périandre, entouré d'un millier de pamphlets,
Plane pompeusement au vain bruit des sifflets.

« Terminons, dit Piis, ce combat de brochures,
» Nous avons sous la main des armes bien plus sûres ».

A l'aide d'un lévier, trois combattans nerveux,
Soulèvent de Dupuy les écrits monstrueux ;
Cet immense recueil, colosse formidable,
Résiste, par son poids, à leur force indomptable ;
Enfin, enfin, cédant aux efforts de leurs bras,
Il s'élève ; et bientôt cet énorme fatras,
Menaçant Thélusson, que sa chûte épouvante,
Ecrase vingt guerriers de sa masse tombante.
Le Lycée éperdu jette un cri de douleur ;
De ses braves soutiens il a perdu la fleur ;
Vous aviez disparu, vaillant Lachabeaussière,
Chazet, Baourd Léger, Charlemagne, Lemière,
Tu n'étais plus, héros, digne d'un meilleur sort ;
Vigé, tu n'étais plus ; l'impitoyable mort
Avait coupé le fil d'une si belle vie.
Sa gloire, ô dieux jaloux ! excitait votre envie.

Fin du cinquième Chant.

CHANT VI.

MES amis, l'ignorance est un chevet bien doux,
Disait, plaidant sa cause, en pleine académie,
Aristarque Mercier : maudit soit le génie !
Dieu créa le bonheur pour les sots et les fous.
Mercier, tu disais vrai : la vaine renommée,
Dont la douceur chatouille un imprudent auteur ;
Lui coûte, bien souvent, le calme et le bonheur :
Peut-on payer si cher une once de fumée ?
Le chantre du plaisir, victime de l'ennui,
Consume tristement les beaux jours de sa vie ;
Son cœur devient bientôt le siége de l'envie.
La cruelle se couche et se lève avec lui.
Veut-il fermer les yeux ?... Y penses-tu ? dit-elle,
Est-il pour le poète un moment de repos ?
N'as-tu plus d'ennemis ? n'as-tu plus de rivaux ?
Lève-toi, prends ta lyre, un triomphe t'appelle.
Il obéit..., se lève ; et, son luth à la main,
Il chante, en vers glacés, tous les feux de Cythère,
Et bientôt, tout couvert de gloire et de misère,
Sur un tas de lauriers, il expire de faim.
Plus malheureux encor, les auteurs du Lycée,
Succombaient sous les coups des russes de Piis ;
Et sentant, dans leurs cœurs, leur vigueur terrassée,
Imploraient vainement ces cruels ennemis.

Ils demandaient quartier.... inutile prière !
Aux maux qu'il ne sent pas, le cœur est étranger,
Thélusson périssait.. ... Despaze, au pied léger,
S'échappe, et va trouver la sottise, sa mère.
Dans un temple fameux où respirent les arts,
Un décret du sénat a placé la sottise.
Là, de ses favoris, attirant les regards,
Au sein de l'Institut la déesse est assise.
Là, réunis en corps, ces nouveaux immortels
Font fumer, nuit et jour, l'encens sur ses autels.
Chacun d'eux lui soumet l'ouvrage qu'il compose ;
Elle met son *visa* sur leurs vers et leur prose ;
Elle prête sa plume au conteur Andrieux ;
Et souffle au lourd Villar ses vers fastidieux.
Le sommeil et l'ennui sont assis auprès d'elle ;
L'un griffonne, en bâillant, les tableaux de Mercier,
L'autre écrit, de sa main, les œuvres de Chénier.
On voit à ses côtés l'insolente ignorance
Berçant, sur ses genoux, nos penseurs en démence,
Ces amis du néant, qui leur convient si bien,
Démolissant toujours, et ne construisant rien.

La sottise, en voyant un enfant qu'elle adore,
Le serre entre ses bras, le couvre de baisers :
« Viens, mon fils, sur mon sein, que je te presse encore.
» Ma mère, dit Despaze, apprenez nos dangers.
» Sachez qu'un Dieu jaloux contre nous se déclare :
» Thélusson va périr ; un ennemi barbare
» Fait tomber sous ses coups vos premiers favoris,

» Peut-être en ce moment. - Que m'apprends-tu, mon fils ?
» Thélusson ! - Ses guerriers ont mordu la poussière.
»-Dis-moi; qu'est devenu mon cher Lachabeaussière ?
» Vigé vit-il encore ? - Ils ont vécu tous deux.
» — O ciel inexorable ! ô destin rigoureux
» Avez-vous assouvi votre injuste colère ?
» Hélas ! mon fils, bientôt tu n'auras plus de mère.
» Faut-il donc renoncer au culte des mortels,
» Voir mépriser mon nom, et tomber mes antels ?
» Je conservais encore un conseil admirable,
» Des Lycurgues de France élite incomparable ;
» Au nom de la sottise, il rendait ses décrets ;
» Il écoutait ma voix ; je dictais ses arrêts :
» J'y discutais l'impôt ; j'y traitais des finances ;
» J'étalais dans le droit de vastes connaissances :
» Bref, je parlais de tout, sans avoir rien appris.
» Mais l'argent me manquait, j'en voulais à tout prix.
» Je monte à la tribune, et, sans que rien m'arrête,
» Je demande un emprunt à coup de bayonnette.
» Cette grande mesure a produit de grands biens ;
» La France applaudissait à mes puissans moyens.
» L'Institut vint, en corps, me rendre ses hommages.
« Garat s'extasia sur ma loi des ôtages.
» Oh ! comme avec plaisir j'outrageais le bon sens !
» J'ai tout perdu, mon fils, en perdant les cinq-cents.
» O malheureux Saint-Cloud ! ô cruelle séance !
» Un seul jour m'a ravi ma gloire et ma puissance.
» J'étais à la tribune, au milieu de mes sots ;

» J'avais de grands projets...Tout-à-coup un héros,
» Que conduit son génie et que suit sa fortune,
» Un héros, dont la gloire aujourd'hui m'importune,
» Arrive, accompagné de ses braves soldats,
» Que son bras triomphant guida dans les combats.
» Je ne puis achever un récit trop funeste;
» Aisément, ô mon fils! vous devinez le reste.
» Depuis ce jour fatal, source de mes malheurs,
» Je ne vis plus, hélas! que pour verser des pleurs.
» J'espérais que, du moins, Thélusson plus tranquille
» Pourrait m'offrir un jour un honorable asyle.
» Et déjà...Mais sauvons ces malheureux débris,
» Il en est tems encor; j'attendrirai Piis:
» J'ai des droits sur son cœur: long-tems je lui fus chère;
» Il m'a toujours offert ses vœux et son encens;
» Pourra-t-il résister aux larmes d'une mère
» Implorant le pardon de ses tendres enfans?

La déesse, à ces mots, se lamente et soupire,
(Les regrets sont permis à qui perd un empire.
Elle part: l'Institut accompagne ses pas;
Despaze, avec respect, lui présente le bras.
Cependant, les vainqueurs, fatigués du carnage,
Laissaient, pour quelque tems, reposer leur courage.
Piis, environné de ses mâles guerriers,
Célébrait leur triomphe et vantait leurs lauriers.
Comme il parlait encor, quelle fut sa surprise!
Sur le champ de bataille apparaît la sottise:

« De quel droit osez-vous, sectaires furieux,
» Troubler l'ordre et la paix qui régnaient en ces lieux?
» Prétendez-vous, dit-elle, au gré de votre audace,
» Tenir, sans mon aveu, le sceptre du Parnasse?
» Barbares, répondez. Faut-il assassiner
» Le monarque innocent que l'on veut détrôner?
» Si vous voulez régner, est-ce donc sur le crime
» Que vous devez asseoir un trône illégitime?
» Et toi, Piis aussi, comblé de mes faveurs,
» Que mes yeux distinguaient dans mes adorateurs,
» A qui j'ai prodigué mes plus chères caresses,
» Réservais-tu ce prix à mes tendres faiblesses?
» Quel que soit le délire où se plaît ton orgueil,
» C'est moi, tu t'en souviens, qui t'ai dicté Santeuil;
» C'est moi qui t'inspirai tes vers sur l'harmonie :
» Tu me dois tout, ingrat, et rien à ton génie.
» J'ai tout fait pour ta gloire, et d'un glaive assassin,
» En frappant mes enfans, tu me perces le sein.
» Mais, c'est par un bienfait que je punis l'offense;
« Voici l'arrêt nouveau qu'a dicté ma puissance :
« Entre les concurrens, l'empire est partagé :
» Le sceptre de la prose appartient au Portique;
» Je donne à Thélusson le sceptre poétique.
» Guerriers, séparez-vous : le procès est jugé.

Fin du sixième et dernier Chant.

NOTES.

Des grands hommes du jour je vais chanter la guerre.

La rivalité entre le lycée Thélusson et le portique républicain n'est point une fiction. Ce dernier n'a été établi que pour former, dans la littérature, un parti d'opposition. Mais je ne crois pas qu'il puisse atteindre le but qu'il s'est proposé : les membres qui le composent, *sans-culottes* littéraires, sans éducation, sans instruction, portent tous des noms et des figures tellement sinistres, que déjà le mépris public parait s'être attaché à leur bisarre association. Le lycée Thélusson se présente sous des formes plus agréables : ses membres ont le ton de la bonne société; on peut, sans rougir, s'asseoir à leurs côtés. Mais ils ne veulent point d'égaux : dominer est leur but; et tels sont leurs moyens, qu'on se verra bientôt obligé de leur abandonner le sceptre du Parnasse. Tous les journaux, trompettes de la littérature, sont à leurs ordres. Un de leurs valets rédige la partie littéraire de la *Décade*, ainsi que *le Mois;* un autre peut souiller de ses articles le *Courier des Spec-tacles* ; un troisième insulte périodiquement au bon goût et au bon sens, dans une misérable rapsodie qui a pour titre : *le Journal des Arts*. Celui-ci place un petit extrait dans le petit journal du grand Rœderer ; celui-là insère une longue analyse dans l'*officieux Moniteur*. Je ne parle pas des Veillées des Muses, exclusivement consacrées à l'apothéose de *tous nos amis*. *Louez-moi, je vous louerai :* telle est la devise de leurs rédacteurs. Fussiez-vous le plus vil rebut de la littérature, fussiez-vous Dognon, parlez favorablement des *meneurs* du Parnasse, vous serez cité avec éloge dans leurs annales périodiques.

Du grand Despaze on célébrait la fête.

Si l'on pouvait affirmer, sans blasphême, que notre siècle a produit un homme aussi étonnant que monsieur Baour de Lormian, je dirais, sans hésiter, que cet homme est le grand Despaze. Mais comme la critique, pour se faire valoir, s'attache aux noms les plus illustres, l'auteur de l'*Epître aux sots* a été assailli de brocards ; et le coup de pied de l'âne lui a été donné par M. l'abbé Amalric. Pour moi, qui ai toujours rendu justice au véritable talent, je ne puis m'empêcher de reconnaitre dans son épître des traits de génie qui

le

le placent à côté des grands écrivains cités dans l'Almanach des Muses. Oui,

Despaze, j'en conviens, ton épitre est fort belle ;
Voilà les sots : je crois les entendre et les voir ;
Mais, quand tu nous traçais un tableau si fidèle ,
Dis-mois, n'avais-tu pas les yeux sur ton miroir ?

Il est certain que Despaze a mis *du sien* dans ses portraits.

D'un fade chansonnier il reconnait les loix.

Ecce iterum Crispinus. Ce *fade chansonnier* est le citoyen Piis, dans lequel je distingue deux personnes, l'une *politique*, l'autre *poétique*. Respectant, autant que faire se peut, la personne *politique*, je ne parle, dans mes satires, que de la personne *poétique*. Après avoir pris cette précaution oratoire, il me sera permis de dire que le président du portique est un des plus faibles faiseurs de vers que les boulevards aient jamais enfantés. Les calembourgs sont l'abus de l'esprit, et les calembourgs de Piis sont l'abus des calembourgs. Qu'il cesse donc d'accuser les cabales anti-patriotiques de l'insuccès de ses pièces, et qu'il apprenne à écrire, avant d'exiger nos applaudissemens. Il a beau garder l'anonyme, on reconnait son *faire* à certaines inconvenances, dont il a soin de parsemer ses couplets de la foire; et alors, Dieu sait comme on siffle au parterre.

Quand, chez les Troubadours, Houdart fit la culbute,
Messieurs, dit un plaisant, aux siffleurs réunis,
Sifflez, sifflez plus fort, la pièce est de Piis :
—De Piis?—Oui vraiment.—Qui vous l'a dit?-Sa chûte.

Cependant, il fut un tems où certain parti, composé de vigoureux *claqueurs*, faisait réussir toutes les pièces du citoyen Piis. Ce fut alors qu'un mauvais rieur composa l'épigramme suivante :

C'est en vain qu'aux brocards Piis se trouve en butte;
Les lauriers, à l'envi, fleurissent sous ses pas;
Jamais, sur le théâtre, il n'éprouve de chûte.
— Comment tomberait-il ? il ne s'élève pas.

Quoi! j'ose attaquer un homme puissant! je suis perdu : le commissaire vengera le poète.

De par la loi, qu'on respecte mes vers:
Disait Piis, respirant la vengeance,
Ou bien, corbleu! je ferai mettre aux fers
Tous ces plaisans, de qui l'impertinence....
Arrête, mon ami; je te crois en démence;
Veux-tu donc en prison envoyer l'Univers ?

Je prie mon cher lecteur d'observer que si j'eusse pu résister aux sollicitations de l'amitié, je n'aurais jamais publié ces épigrammes, presque aussi mauvaises que celles de Piis.

Car ces messieurs foisonnent à Paris.

Vous ne pouvez faire un pas sur les boulevards sans marcher sur des *hommes-de-lettres*. Si l'on supprime, comme on le craint et comme on l'espère, les tréteaux de *Nicolet*, de *l'Ambigu-Comique*, des *Jeunes artistes*, des *Jeunes élèves*, etc., que deviendront tous ces *hommes-de-lettres*, les délices des marchandes de poisson et de leurs vigoureux amans? Que deviendront-ils? *Messieurs, la Seine est-là pour noyer vos soucis.*

Il agite, en ses mains, le sceptre romantique.

On l'a dit avant moi, le citoyen Coupigny tient aujourd'hui le sceptre de la romance, comme le citoyen Dorvigny tient le sceptre de la farce. Tenez-vous bien sur vos gardes, messieurs les porte-sceptres, vous vivez dans un pays où l'on en a vu briser de plus solides que les vôtres.

Là, brillent, à l'envi, le pesant Chabeaussierre, etc.

Ecrire pesamment, et écrire comme la Chabeaussierre, sont aujourd'hui synonimes. En doutez-vous? lisez *le Mois*. En doutez-vous encore? lisez *la Décade*.

L'autre jour, de chez moi, je sortais le matin. Bientôt, j'entends crier : au meurtre ! à l'assassin !

Je cours : que vois-je ? O ciel ! c'était Lachabeaussière,
Qui, la plume à la main, assassinait Homère.

. . . . Luce qu'on siffle encore.

Puisse monsieur de Lancival obtenir autant de succès que monsieur Luce a essuyé de disgraces ! tel était le vœu que je formais, avec l'Europe littéraire, quand monsieur Luce annonça dernière-ment à l'univers, qu'il s'appellerait désormais monsieur de Lancival. Ce vœu est exaucé. La pièce nouvelle de Lancival a obtenu une repré-sentation entière, avantage dont n'ont pas joui les pièces de Luce, toujours étouffées dès les premières scènes, par des sifflets mal-intentionnés.

O Maréchal ! quand je lis ton ouvrage.

Quelques ravages qu'ait faits, dans la morale publique, une philosophie trop audacieuse, ce-pendant, étouffé par la crainte et par l'horreur qu'il inspirait, l'athéisme n'osa, pendant long-tems, publier le scandale de son existence. Le chef même de la secte aujourd'hui triomphante, loin d'élever des autels à ce monstre, fils et père du crime, nous a transmis ce vers sublime :

Si Dieu n'existait pas, il faudrait l'inventer.

Au milieu des fureurs qui ont ensanglanté la France, la main qui dressait les échafauds, abattait toutes les têtes, plongeait le poignard dans tous les cœurs, grava ces mots sur nos temples : *A l'Etre Suprême!*

On savait, il est vrai, que quelques insensés, ne pouvant atteindre à la célébrité par des talens distingués, cherchaient à se faire remarquer par la singularité et l'audace de leurs sentimens; mais un instinct moral, une opinion universellement gravée dans les cœurs, repoussaient ces tentatives criminelles, et reléguaient dans **nos** modernes académies cette désolante doctrine, avec ses exécrables auteurs. C'était aux philosophes de nos jours qu'il appartenait de rompre cette chaîne sacrée qui liait le ciel et la terre, et rattachait l'homme à son créateur. Le dix-huitième siècle, si fécond en crimes, devait être fermé par cet attentat contre la divinité.

Accablés de maux, il ne nous restait que l'espérance, seul bien des infortunés; les cruels! ils veulent nous la ravir!

Mais ce défaut, Rousseau l'a partagé.

J. J. Rousseau n'était point *à la hauteur* des principes que professent nos philosophes; il croyait en Dieu. Il eut un tort bien moins excusable à leurs yeux : il fut chrétien. Il suffit de lire ses ouvrages pour en être convaincu. La lettre suivante est une preuve nouvelle de cette vérité incontestable:

Lettre de J. J. Rousseau à M. Altuna.
De Paris, le 30 juin 1748.

« A quelle rude épreuve mettez-vous ma vertu,
» en me rappelant sans cesse un projet qui faisait
» l'espoir de ma vie (1)? J'aurais besoin, plus
» que jamais, de son exécution, pour la consola-
» tion de mon pauvre cœur accablé d'amertumes,
» et pour le repos que demanderaient mes infirmités;
» mais, quoi qu'il en puisse arriver, je n'achèterai
» pas ma félicité par un lâche déguisement envers
» mon ami : vous connaissez mes sentimens sur un
» certain point; ils sont invariables ; car ils sont
» fondés sur l'évidence et sur la démonstration, qui
» sont, quelque doctrine que l'on embrasse, les seules
» armes que l'on ait pour l'établir. En effet, quoi-
» que ma foi m'apprenne bien des choses qui sont
» au-dessus de ma raison, c'est, premièrement, ma
» raison qui m'a forcé de me soumettre à ma foi.
» Mais n'entrons point dans ces discussions. Vous
» pouvez parler, et je ne le puis pas : cela met trop
» d'avantage de votre côté. D'ailleurs, vous cher-
» chez, par zèle, à me tirer de mon état; et je me
» fais un devoir de vous laisser dans le vôtre, comme
» avantageux pour la paix de votre esprit, et éga-

____

(1) Rousseau et monsieur Altuna avaient formé le
projet de passer ensemble le reste de leurs jours.

» lement bon pour votre félicité future, si vous y
» êtes de bonne foi, et si vous vous conduisez selon
» *les divins et sublimes préceptes du christianisme.*
» Vous voyez donc que, de toute manière, la dis-
» pute, sur ce point là, est interdite entre nous.
» Du reste, ayez assez bonne opinion du cœur et
» de l'esprit de votre ami, pour croire qu'il a réflé-
» chi plus d'une fois sur les *lieux-communs* que
» vous lui alléguez, et que sa morale de principes,
» si ce n'est celle de sa conduite, n'est pas inférieure
» à la vôtre, ni moins agréable à Dieu. Je suis
» donc invariable sur ce point. Les plus affreuses
» douleurs, ni les approches de la mort, n'ont rien
» qui ne m'affermisse, rien qui ne me console, dans
» l'espérance d'un bonheur éternel, que j'espère
» partager avec vous dans le sein de mon Créateur».

Cette lettre a été trouvée chez les pères de l'Oratoire de Montmorenci. Elle est jointe à la suivante,
qu'adressait J. J. Rousseau aux supérieurs de cette
maison, en leur envoyant un exemplaire de son
Emile :

« J. J. Rousseau prie messieurs de l'Oratoire de
» Montmorenci, de vouloir bien accorder à ses der-
» niers écrits une place dans leur bibliothèque.
» Comme accepter le livre d'un auteur n'est point
» adopter ses principes, il a cru pouvoir, sans té-
» mérité, leur demander cette faveur ».

A Montmorenci, le 29 mai 1762.

Ce vieux Lansberg.

Plus je me considère, dit le citoyen Lalande à qui veut bien l'entendre, et plus je me trouve de ressemblance avec le buste de Platon. C'est se ressembler d'un peu loin. Puisse le citoyen Lalande, jaloux d'une autre sorte de conformité, adopter les opinions du premier philosophe de l'antiquité ! Oui, en dépit de quelques penseurs de l'Institut,

Oui, Platon, tu dis vrai, notre ame est immortelle.

D'un Gail avec portrait.

Je ne sais à quel philosophe grec ressemble M. l'abbé Gail; cela ne m'empêche pas de voir avec plaisir son portrait placé à la tête de ses ouvrages. Je ne puis donc que blâmer l'auteur de l'épigramme que je vais transcrire :

> Sous les piliers de l'hôtel Mazarin,
>   Gail, en portrait, était en étalage.
> — Combien ? — Vingt sols. — Y penses-tu, coquin !
>   L'original ne vaut pas davantage.

Dont l'Institut, en corps, consacre le délire.

Les progrès de la raison ne tarderont pas sans doute à détruire, pour jamais, cette bizarre académie. Puissé-je être le témoin de sa chûte, et y avoir contribué !

Honneur à l'Institut ! — Lequel ? celui des sourds ?
— Non; celui…. - Des muets?- Non, quelle impatience!
— Des aveugles? — Ma foi, si tu parles toujours,
Je me tais ;—Parle. — Honneur à l'Institut de France!
Au fauteuil des savans , Pougens a pris séance.
— J'eus donc trois fois raison; dans cet Institut-là ,
Maint docteur, en dépit des oreilles qu'il a ,
    N'entend pas tout ce qu'il écoute.
Plus d'un bon tiers , jamais, (dieu-merci !) n'y parla ,
Et mons Pougens n'est pas le seul qui n'y voit goutte.
RULEDEGE.

L'un prend une Décade.

Graces à la plume du citoyen la Chabeaussierre, ce journal voit diminuer , chaque jour, le nombre de ses abonnés.

Trompé par certain bruit , faussement répandu,
Un imprimeur disait, à qui voulait l'entendre
— J'achète *la Décade* , on dit qu'elle est à vendre.
— Tu te trompes, l'ami , ce journal est *vendu*.

Fin des Notes.

MONAPOLOGIE.

SATIRE.

Je jure à l'Institut une guerre éternelle.

———

AN VIII.

MONAPOLOGIE.

DIALOGUE

Entre un membre de l'Institut et l'Auteur.

LE MEMBRE DE L'INSTITUT.

Arrêtez.

L'AUTEUR.

Laissez-moi.

LE MEMBRE DE L'INSTITUT.

L'intérêt le plus tendre
M'amène près de vous.

L'AUTEUR.

Faudra-t-il donc l'entendre ?
Tous ces mauvais auteurs s'attachent à mes pas.

LE MEMBRE DE L'INSTITUT.

Je suis de l'Institut.

L'AUTEUR.

Je ne me trompais pas.

LE MEMBRE DE L'INSTITUT.

Recevez un conseil que l'amitié m'inspire :
Il en est tems encore, abjurez la satire.
Médire est un tourment pour tous les cœurs bien nés.

L'AUTEUR.

J'ai vu, par le public, mes essais couronnés.

LE MEMBRE DE L'INSTITUT.

L'Institut a proscrit et l'auteur et l'ouvrage.

L'AUTEUR.

C'est un crime, à mes yeux, d'obtenir son suffrage.

LE MEMBRE DE L'INSTITUT.

Au lieu de le braver, aspirez aux honneurs
Dont il comble, à son gré, nos plus fameux auteurs ;
Obtenez un fauteuil dans notre académie.

L'AUTEUR.

Me préservent les dieux d'une telle infamie !
Allez offrir ce prix à vos lâches flatteurs :
Ils ont trop mérité ces coupables honneurs.
Non, jamais vos lauriers ne flétriront ma tête.
Si je n'ai le talent, j'ai l'orgueil d'un poète.

Vous ne me verrez pas, candidat suppliant,
Prostituer ma plume au crime triomphant,
Souiller les premiers pas d'une noble carrière,
Et, follement épris d'un éclat éphémère,
Briguer le déshonneur d'être assis parmi vous.

LE MEMBRE DE L'INSTITUT.

Jeune-homme, réprimez un impuissant courroux.
Imitez mon exemple, et cessez de médire.
Jadis, d'un fiel amer empoisonnant ma lyre,
D'un trait vif et piquant j'ensanglantais les sots,
Et les faisais trembler au bruit de mes bons mots.
Flétrissant les talens, insultant au génie,
Sans cesse je criais contre la calomnie :
Vous m'en voyez rougir.

L'AUTEUR.

Pour la première fois.

LE MEMBRE DE L'INSTITUT.

Apprenez, insolent, à respecter vos rois.

L'AUTEUR.

Les avez-vous détruits pour vous mettre à leur place?

LE MEMBRE DE L'INSTITUT.

Je pourrais, d'un seul mot, terrasser votre audace.
Ma Muse, hier encore, a diné chez Merlin ;
Chez ceux qui l'ont chassé, je dinerai demain.

Tout Paris retentit du bruit de ma puissance;
Et vous, rimeur obscur, vous bravez ma vengeance!
Tremblez, c'est par l'exil que je punis un vers:
Interrogez Cayenne et ses affreux déserts

L'AUTEUR.

Je te reconnais-là, douce philosophie:
Tes enfans, pour le crime, ont assez de génie.

LE MEMBRE DE L'INSTITUT.

Que leur reprochez-vous?

L'AUTEUR.

Tous les maux de l'état,
De l'empire français le vaste assassinat,
Sous un fer meurtrier la patrie expirante,
Dans la nuit des cachots la vertu gémissante,
Et l'innocence, en pleurs, peuplant les échafauds,
Et tout le sang versé par la main des bourreaux.
Grands Dieux! ils sont encor présens à ma mémoire,
Ces tems qui rougiront les pages de l'histoire;
Jours à jamais fatals, où la pâle terreur
Glaça tous les Français d'épouvante et d'horreur.
Le signal est donné : la vengeance et la rage
Des enfers étonnés évoquent le carnage,
Et répandant au loin les alarmes, le deuil,
Convertissent la France en un morne cercueil.

On immole à-la-fois les enfans et les femmes;
Les vieillards innocens sont jetés dans les flammes.
En vain le malheureux s'adresse à tous les cœurs;
Dans des yeux desséchés trouverait-il des pleurs?
Hélas! il n'en est point pour la vertu proscrite :
Jusques sous le couteau, la plainte est interdite.
Les bourreaux en forfait transforment un soupir;
Le Français ne sait plus que tuer ou mourir.
Le crime est consommé : la patrie éplorée,
Sur des monceaux de morts tombant désespérée,
S'agite et se débat sous un fer assassin ;
Et ce sont ses enfans qui lui percent le sein !
N'as-tu pas entendu ces cris épouvantables,
Ces gémissemens sourds, ces plaintes lamentables?
Vois le char de la mort où siége la terreur;
Tout fuit à son aspect, tout est glacé d'horreur;
Dans sa course rapide, il traverse la France ;
L'échafaud est son but; son guide est la vengeance;
Il appelle le meurtre, et son impatience
Accuse en frémissant la lenteur du couteau :
Le coup part, et la mort suit la main du bourreau.
Alors, tressaillant d'aise à cette horrible fête,
Sur ses doigts tout sanglans, il compte chaque tête;
Et poussant dans les airs d'affreux rugissemens,
Outrage la victime en ses derniers momens.
C'est ce peuple; c'est lui, dont la haine implacable
Fatigant sur Bailly sa rage infatigable,

Vers oubliés dans cette page.

Après ce vers:

L'échafaud est son but: son guide est la vengeance :

Ajoutez ceux-ci :

Il s'avance, chargé de cadavres sanglans,
Et de sceptres brisés par les plus vils tyrans:
Le chemin qu'il parcourt est tout pavé de têtes,
Du crime triomphant effrayantes conquêtes.
Vois ce peuple assassin, à le suivre empressé,
Autour de l'échafaud à grands flots amassé;
Cruel et furieux, au carnage il s'anime :
Vois-le, les yeux fixés sur sa pâle victime,
S'enivrer du plaisir de la voir expirer;
Il boirait tout son sang, sans se désaltérer.
Le supplice est trop lent au gré de sa vengeance;

Et de l'humanité violant tous les droits,
Avant qu'il expirât, le fit mourir cent fois.
Malesherbes, touchant à son heure dernière,
Dans les bras de la gloire achevait sa carrière.
Qu'il meure... Ç'en est fait, ce grand homme n'est plus;
La hache a fait tomber un siècle de vertus.
Ce sont là tes forfaits, secte philosophique !
C'est toi, qui d'échafauds couvris la république.
Les chefs des assassins furent tes partisans;
Aux pieds de tes autels, ils t'offraient leur encens :
Roberspierre et Collot, ensanglantant la France,
Invoquaient, de concert, ton nom et ta puissance.

LE MEMBRE DE L'INSTITUT.

A trop d'emportement cessez de vous livrer;
Déplorez nos malheurs, sans les exagérer.

L'AUTEUR.

Peut-on exagérer quand on trace vos crimes?
Faut-il de leurs tombeaux exhumer vos victimes?
Leur sang, leur sang vengeur ne se taira jamais;
Jusques dans l'avenir il criera vos forfaits.

LE MEMBRE DE L'INSTITUT.

A mon humanité rendez plus de justice.
Jamais, de ces forfaits, mon cœur ne fut complice.
Eh ! que n'accusez-vous ceux qui les ont commis?

L'AUTEUR.

Sont-ils moins criminels, ceux qui les ont permis ?
C'est vous, dont la fatale et lâche complaisance
Des bourreaux conjurés caressa la puissance ;
Dont la muse a chanté, dans des vers imposteurs,
La sensibilité de nos Néron-penseurs.
Célébrez, j'y consens, leurs touchantes maximes ;
Que le nom de G** attendrisse vos rimes.
L'aimable R*** est si compâtissant !
G***, si sensible et si reconnaissant !
Leurs plumes ont souvent répandu bien des larmes ;
Mais à persécuter, leur cœur trouve des charmes ;
Et si, par leurs écrits, nous devons les juger,
C'est par humanité qu'ils nous font égorger.
O douceur sans égale ! ô sagesse profonde !
Pour sauver un principe, ils détruisent le monde.
Leurs mains, sur des débris, fondent l'égalité,
Et sur des échafauds, posent la Liberté.
Effrontés prédicans de la philosophie !
Tyrans qui déclamez contre la tyrannie !
Ma plume, contre vous, soulevant tous les cœurs,
Vous dénonce à l'état comme ses oppresseurs.
Ennemis des vertus, ardens à les proscrire,
Vous n'avez qu'un talent, c'est celui de détruire.
Vos coupables succès ont ouvert tous les yeux ;
Le crime couronné paraît plus odieux :
Faibles, on vous plaignait ; puissans, on vous abhorre.

LE MEMBRE DE L'INSTITUT.

Qu'importe, l'on nous craint;... Mais vous, si jeune encor,
Contre tant d'ennemis prétendez-vous lutter ?
Et ne craignez-vous pas ?...

L'AUTEUR.

Que puis-je redouter ?
Qu'ils vomissent sur moi tous les flots de leur rage :
J'oppose à leurs poignards mes mœurs et mon courage.
Voilà mes défenseurs : où sont mes ennemis ?
Ils peuvent étouffer l'auteur et ses écrits ;
La Bastille, rouvrant ses horribles abimes,
Peut dévorer encor de nouvelles victimes.
Inutiles efforts ! l'auguste vérité
Traverse des cachots la sombre obscurité.
Enfin, libre du joug qui la tient oppressée,
On voit, en traits de feu, s'élancer la pensée.
Faux sages, pâlissez ; tremblez, vils charlatans :
Elle éclaire le monde et détruit les tyrans.

LE MEMBRE DE L'INSTITUT.

La vérité n'a point ce ton dur et farouche ;
Ces accens furieux ne souillent pas sa bouche.
D'autant plus éloquent, qu'il va plus près du cœur,
Son aimable langage est rempli de douceur ;
Elle ignore ces mots de haine et de vengeance ;
Elle pardonne en mère à l'erreur qui l'offense ;

Et conjurant toujours, ne menaçant jamais,
C'est en persuadant qu'elle obtient des succès :
Telle est la vérité. Voulez-vous la défendre ?
Avant tout, à mon cœur, sachez vous faire entendre.
Qu'une douce indulgence anime vos écrits,
Et de tous vos lecteurs vous fasse des amis.
Au nom du bien public, oubliez vos injures;
Cessez de déchirer ces sanglantes blessures,
Que les bienfaits du tems pourront un jour guérir :
Qui ne sait pardonner, mérite de souffrir.
Ce n'est pas que toujours je blâme la satire;
Il est même des cas où vous devez médire.
Frappez nos ennemis; dans leurs cœurs criminels,
Enfoncez bien avant vos traits les plus mortels;
Je verrai, d'un œil sec, expirer ces victimes :
L'amour de la patrie ennoblit tous les crimes.
Etouffer la nature, insulter au malheur,
Immoler les proscrits, c'est l'effort d'un grand cœur.
Outragez sans pitié les vertus les plus pures,
Sur un pape expirant, versez des flots d'injures;
Osez, géant superbe, escalader le ciel,
Et, jusque sur son trône, attaquer l'Éternel.
Pour hâter les progrès de la philosophie,
Tout vous sera permis, même la calomnie.
Mais braver l'Institut, dont la prose et les vers,
Des Français, trop ingrats, ont su rompre les fers!
Insulter nos savans!... Ah! brisez votre lyre,
Ou sachez expier un coupable délire;

Vous outragez Mercier, le phœnix des penseurs ?
Vous ne respectez pas ses sublimes erreurs !
Sa plume, je l'avoue, inégale en son style,
Peut blesser quelquefois un lecteur difficile.
Cet écrivain-prodige, en ses tableaux nerveux,
Dédaigne, de vains mots, l'étalage pompeux ;
Et tout plein de Caton, son génie en extase,
Ne s'abaisse jamais à polir une phrase.
De ce rêveur profond, ambitieux rival,
Garat, à l'institut, marche seul son égal :
Condillac, tout entier, en ses écrits respire ;
Oh ! qu'il vous instruirait, si vous pouviez le lire !
Et le grand Rœderer, objet de vos mépris,
Savez-vous qu'il travaille au journal de Paris,
Et que, tous les matins, sa plume sur la terre,
Rivale du soleil, épanche la lumière ?
Lisez, lisez encor les Œuvres de Dupuy,
Jamais on n'a pensé comme on pense aujourd'hui ;
Notre philosophie, en sa marche féconde,
De ses feux bienfaisans embrâsera le monde ;
Vous serez renversés, chimériques autels,
Encensés trop long-tems par les faibles mortels.
Rien n'est sacré pour nous, et rien ne nous résiste ;
Nous voulons la lumière, et la lumière existe.
Voyez, comme l'éclat de ses traits radieux,
Triomphant de l'erreur, dessillent tous les yeux.
Tombez, voiles obscurs ! fuyez, vaines ténèbres
Qui couvrez l'univers de vos crêpes funèbres !

L'Institut est vainqueur : tout cède à ses efforts,
Et jusqu'à nos laquais, on ne voit qu'esprits forts.

Rends grace, ma patrie, au soleil qui t'éclaire,
De ses rayons naissans, tu jouis la première:
Ami, plaignons le sort de nos pauvres ayeux ;
Les bonnes gens croyaient qu'il existait des dieux :
Et, privés du flambeau de la philosophie,
Ils rêvaient, insensés ! l'espoir d'une autre vie.
Il est évanoui ce prestige imposteur,
Nous ne caressons plus une funeste erreur ;
Et ces songes brillans ont passé comme l'ombre.

Quels prodiges nouveaux ! quels miracles sans nombre
Descendent sur la terre avec la vérité !
Mère des grands talens, l'auguste liberté,
Des beaux arts éperdus animant le courage,
Rallume le génie éteint dans l'esclavage.
Déjà, pour célébrer nos Achilles nouveaux,
Les Homères français, saisissant leurs pinceaux,
Egalent, par leurs chants, l'éclat de la victoire ;
Le Portique s'élève, et du bruit de leur gloire,
Cournand, Valcourt, Piis, remplissent l'univers.
On commence à sentir le charme des beaux vers.
Du céleste Despaze, osant suivre les traces,
Baourd, enfant gâté de Phœbus et des Grâces,
Anime, sous ses doigts, un luth harmonieux :
Le chant du rossignol est moins délicieux.

Doux attrait du talent! pouvoir de l'harmonie!
TouslesDieuxpourl'entendreoublieraientl'ambroisie.
Vigée, autre soleil, de l'éclat de ses feux,
Au Pinde Thélusson, éblouit tous les yeux.
Chaque matin naissant, de sa plume féconde
Jaillit un triolet le plus joli du monde:
Ce sont de petits vers, respirant la douceur;
De ces traits ravissans, dont le charme enchanteur
Se fait sentir sans peine, et ne saurait se rendre.
Sans les maudits sifflets, quel plaisir de l'entendre!
Eh! n'avez-vous pas vu ces sifflets insolens,
Du Sophocle français étouffer les talens?
Mais les siècles sont là pour venger ton génie;
Luce, attends leurs décrets, et foule aux pieds l'envie.
Traversant l'avenir, tes chef-d'œuvres nombreux
Feront passer ta gloire à nos derniers neveux.
Quels tems furent jamais plus féconds en merveilles!
Le théâtre français reproduit des Corneilles.
Voltaire n'est point mort: le sublime Chénier
A nos desirs ardens l'a rendu tout entier.
L'histoire a son Tacite, et l'ode ses Pindares.
Les grands hommes, vraiment, ne sont plus aussi rares.
On voit, en un seul jour, éclore mille auteurs,
Philosophes profonds, poètes, orateurs.

L'AUTEUR.

Des poètes! Grands Dieux! ah! je vous en conjure,
A ce nom révéré, cessez de faire injure...

Des

Des poètes ! Eh ! quoi ! de fades prosateurs,
De maussades écrits, insipides auteurs,
Usurpant les lauriers destinés aux poètes,
De la palme d'Homère ombrageraient leurs têtes,
Et jaloux de l'encens qu'on rend aux immortels,
Oseraient demander un culte et des autels !
Non… J'irai furieux, au sein du capitole,
Détruire ces autels et renverser l'idole.
Mais vous qui, flétrissant les lauriers d'Apollon,
Voulez en couronner les rivaux de Pradon ;
Téméraire, apprenez quel est le vrai poète.
Des oracles divins, l'organe et l'interprète,
Pour charmer les mortels, il emprunte à-la-fois
La lyre d'Apollon, son langage et sa voix.
Un feu sacré l'inspire, et l'agite et l'enflamme ;
Les vers, en traits brûlans, s'élancent de son ame ;
Abaissant sur la terre un regard dédaigneux,
Plein d'audace, il s'élève au sein même des Dieux,
Et des concerts divins respirant l'harmonie,
Au flambeau de l'Olympe allume son génie.
Ce n'est plus un mortel : un Dieu vit en son cœur,
Et dicte ses écrits, qu'embrâse sa chaleur.
Que dis-je ? Le poète est un Dieu sur la terre :
Il bannit de ses chants un langage vulgaire.
Tout s'anime en ses mains : le charme de ses vers
De la nuit du cahos fait jaillir l'univers ;
Voyez comme à sa voix tout renait : la nature
S'empresse d'étaler sa plus riche parure.

Et la terre, à son gré, variant ses couleurs,
Se change, sous sa lyre, en un tapis de fleurs.
Quel tableau ravissant! Les Nymphes, demi-nues,
Font briller, à l'envi, leurs grâces ingénues;
Anacréon les voit, et leurs attraits touchans
Doivent un nouveau charme au pouvoir de ses chants.
C'est ainsi qu'un poète, animant ses ouvrages,
Offre aux yeux enchantés les plus vives images.
Puissance du génie! un vers audacieux
Du Parnasse usurpé fait tomber les faux Dieux;
Aux Piis, aux Pradon, fait mordre la poussière;
Sous le poids des sifflets, écrâse Chabeausssière;
Enveloppe de boue Amalric et Thuot;
Peint Vigée expirant sous les traits d'un bon mot;
Sur un Louvre odieux précipite la foudre,
Disperse Thélusson, met le Portique en poudre,
Et d'un second Molière, exhumant les travaux,
Ensevelit Chénier dans la nuit des tombeaux.

LE MEMBRE DE L'INSTITUT.

Quel est donc le démon qui vous force à médire?

L'AUTEUR.

Qu'ils se taisent.

LE MEMBRE DE L'INSTITUT.

Je crois qu'ils ont le droit d'écrire.

L'AUTEUR.

J'ai celui de siffler.

LE MEMBRE DE L'INSTITUT.

A ces auteurs divers
Vous ôtez le sommeil.

L'AUTEUR.

Eh ! qu'ils lisent leurs vers.
Mon ame est sans pitié pour ces rimeurs bisarres.
Rien ne peut me fléchir. La pitié !.. les barbares !
En ont-ils donc pour moi, quand je lis leurs écrits ?
Muse, point de pardon : frappe mes ennemis ;
Et que tes traits sanglans, châtiment exemplaire,
Epouvantant les sots, les forcent à se taire.
Eh ! pourrais-je applaudir aux crimes de leurs vers,
Flatter ces écrivains, prêchant dans les déserts ;
Encenser l'Institut, adorer la sottise ?
Non... tant de lâcheté répugne à ma franchise.
Et dussé-je être un jour ou T**, ou pendu,
Je le dis hautement, le bon goût est perdu.
Ils sont éteints, ces feux qui brillaient sur la France.
Au génie, aux talens, succède l'ignorance.
En fragile clinquant, l'or pur est converti.
Vengeons, vengeons enfin le bon sens avili.

Vains efforts ! à mes traits, je vois les sots sourire :
Un dieu, pour leur bonheur, a créé la satire.
Cotin, dans son cercueil, pourrirait ignoré,
Si, par grace, Boileau ne l'en eût retiré.
Trop fortuné Gudin ! ta muse inanimée
Doit au sel de Gilbert toute sa renommée.
Que, subissant le sort des malades nombreux
Livrés imprudemment à son art dangereux,
Cabanis, du trépas, soit enfin la victime,
Mon vers part : à l'instant, sa cendre se ranime ;
Et l'heureux assassin, du fond de son tombeau,
S'élance, en méditant quelque meurtre nouveau.
O ciel ! pardonne-moi, si ma plume hardie
A qui donna la mort a su rendre la vie.
Eh ! voilà donc le prix des plus nobles efforts !
Du sommeil éternel nous réveillons les morts.
Quand, vengeur du bon goût, je signale Cubières,
Habillant de larcins ses feuilles éphémères ;
Quand ma plume, lançant un vers accusateur,
Dévoile et met à nud ce squelette rimeur,
Le voyez-vous pâlir ? Tremble-t-il, le corsaire ?
Les vers qu'il a pillés, les rend-il à Voltaire ?
Non... Le larron sourit, et d'un œil effronté
Contemple, sans effroi, sa maigre nudité.
Mes écrits lui sont chers ; en secret il les loue :
Je ramasse son nom, qui traîne dans la boue ;
Ma plume s'en empare... et ce nom détesté
Va peut-être passer à la postérité.

LE MEMBRE DE L'INSTITUT.

Consentez donc enfin à cesser de médire.

L'AUTEUR.

Ç'en est fait ; pour jamais j'abjure la satire.
En dépit du bon goût, rimez impunément ;
Cotins, dormez en paix : je vous rends au néant.
Auteurs de Thélusson, sans génie et sans verve,
Insultez à-la-fois Apollon et Minerve ;
Vous ne m'entendrez plus, incommode censeur,
Blâmer de vos écrits l'insipide douceur.
Qu'à son gré, désormais, chacun de vous compose.
Baourd, sois sot en vers ; Lantier, sois sot en prose ;
Que l'insensé Mercier, que le pesant Dupuy,
Sur leurs pauvres lecteurs versent des flots d'ennui ;
Dors, mon cher Dusausoir, aux doux sons de ta lyre :
Je ne veux plus troubler ton innocent délire.
Exerce, sur des riens, tes sublimes talens :
On n'est pas criminel, pour manquer de bon sens.
Que le charmant Vigée, Ovide des caillettes,
Vante sa renommée, acquise à leurs toilettes,
Et que, le front meurtri de ses coups d'encensoir,
Il promène ses vers de boudoir en boudoir ;
Que Luce, produisant un nouveau Périandre,
Pour punir les sifflets, nous oblige à l'entendre :
Je ne m'abaisse plus à de tels ennemis,
Indignes de mes coups, dignes de mes mépris.

Eh ! du nom de Baourd, pourquoi salir mes rimes ?
Choisissons, désormais, de plus nobles victimes :
Leur défaite, du moins, honorera mes vers.

LE MEMBRE DE L'INSTITUT.

Croyez-vous étouffer la voix de l'univers ?
Ces hommes, dont les noms embellis par la gloire
Vont bientôt, de plein saut, escalader la gloire,
Trouveront dans leur siècle un appui respecté.

L'AUTEUR.

Eh bien ! moi, j'en appelle à la postérité ;
D'un siècle corrompu que m'importe l'hommage ?
Je le méprise trop pour compter son suffrage.
Que de vils écrivains, lâches adulateurs,
La honte sur le front, mendiant les honneurs,
Fassent, pour y monter, un pacte avec le crime.
Moi, dans le noble élan d'un orgueil légitime,
Je foule, avec dédain, ces honneurs flétrissans,
D'un siècle raisonneur qui brave le bon sens.
L'on ne m'achète pas : ma plume, libre et fière,
Ne vend pas pour de l'or un encens mercenaire.
Mon ame est vierge encor : tous ces crimes heureux
Sont, malgré leur succès, des crimes à mes yeux ;
Et, sans être ébloui par l'éclat de sa gloire,
J'attaque l'Institut sur son char de victoire.
Les voyez-vous pâlir, ces fiers usurpateurs,
Des sottises du tems insolens défenseurs ?

Je les prends corps à corps, et montant sur leur trône,
A leurs fronts tout sanglans j'arrache la couronne.

LE MEMBRE DE L'INSTITUT.

La lutte est inégale ; il faudra succomber :
Qui s'élève si haut, est bien près de tomber.

L'AUTEUR.

Il n'est pas de dangers pour qui cherche la gloire ;
Le péril, à mes yeux, embellit la victoire.

FIN.

On trouve aussi à l'imprimerie du citoyen *Moller*, couvent des Filles-Thomas, vis-à-vis la rue Vivienne, les articles suivans :

Les *Etrennes de l'Institut national*, ou *Revue littéraire de l'an 7*, 1 vol. *in*-12. Un franc 50 centimes.

La Fin du dix-huitième siècle, satire, nouvelle édition, brochure de 24 pages. Trente centimes.

La Cause des Proscrits, ou *Notice critique et raisonnée sur les loix relatives à l'émigration*. Ouvrage utile aux fonctionnaires publics et employés, aux hommes de loi et d'affaires, aux prévenus d'émigration, à leurs parens et fondés de pouvoir, vol. *in*-8°. Un franc 25 centimes.

Le Seau enlevé, poëme imité du *Tassoni*; par Auguste Creuzé de Lessert. Seconde édition, corrigée et augmentée de deux chants, 2 vol. *in*-18, fig. Un franc.

Les Amours pastorales de Daphnis et Chloé, traduction nouvelle, par Pierre Blanchard, avec quatre jolies figures, dessinées par Monsiau, et gravées par Pauquet et Dupréel, vol. *in*-16. Un franc.

Tome Jones, ou *l'Enfant trouvé*, traduction nouvelle, dans laquelle on a rétabli les morceaux supprimés dans celle de Laplace; par le citoyen Davaux, 4 gros vol. *in*-8°. Quatre francs.

Epître aux détracteurs des Femmes, suivie du *Portrait de l'Homme*; par le citoyen *Dusausoir*, membre de la société des Belles-Lettres, brochure de 16 pages. Trente centimes:

Résultats Possibles de la journée du 18 brumaire an 8, ou continuation des Essais sur l'état actuel de la France, au premier mai 1796, vol. in-8°. de 330 pages. Prix: 3 francs.

La Voix dans le Désert, ou *le Cri de l'Equité,* contre les loix qui prononcent la déchéance en matière d'émigration; par l'auteur de la *Cause des Proscrits.*

9 782329 693590